—AH VOILÀ ! C'est ce que je pensais, signale Zoé à son amie 4·Trine. C'est écrit ici dans le diction-naire. sarcasme : énoncé avec lequel on tourne en dérision une personne en l'insultant. Alors, lorsque Théo a traité Émilie de « Miss Woopiville », ce n'était que pour lui dire, qu'il la trouvait...

VACHEMENT LAIDE !

Un sourire malicieux illumine soudain le visage de 4·Trine.

—AH ! ces garçons veulent jouer avec les mots ! dit-elle alors qu'elle vient d'avoir une idée brillante. Eh bien, nous allons leur donner une leçon... Nous allons organiser une super fête, un BAL DES LAIDES où ne seront invitées que les personnes moches : Émilie, toi, moi, et les autres filles de l'école...

—QUOI ? s'exclame Zoé, offusquée. JE SUIS MOCHE, MOI ?

—Fais-moi confiance ! Tu seras très contente d'être laide, tu verras...

© 2008

© 2008 Boomerang éditeur jeunesse inc.
Tous droits réservés. Aucune partie de ce livre ne peut être copiée
ou reproduite sous quelque forme que ce soit
sans l'autorisation écrite de Copibec.

Créé par Richard Petit

Dépôt légal : Bibliothèque et Archives
nationales du Québec, 4e trimestre 2008

ISBN : 978-2-89595-350-0

Imprimé au Canada

Gouvernement du Québec – Programme de crédit d'impôt
pour l'édition de livres – Gestion SODEC

Boomerang éditeur jeunesse remercie la SODEC
pour l'aide accordée à son programme éditorial.

Nous reconnaissons l'aide financière du gouvernement du Canada
par l'entremise du Programme d'aide au développement
de l'industrie de l'édition (PADIÉ) pour nos activités d'édition.

edition@boomerangjeunesse.com
www.boomerangjeunesse.com

Il était 2 fois...

J'ai un peu le trac !

Bon ! Alors c'est moi qui vais lui expliquer. *Il était 2 fois...* est un roman TÊTE-BÊCHE, c'est-à-dire qu'il se lit à l'endroit, puis à l'envers.

NON ! NE TE METS PAS LA TÊTE EN BAS POUR LE LIRE... Lorsque tu as terminé une histoire, tu peux retourner le livre pour lire l'autre version de cette histoire. CRAQUANT, NON ? Commence par le côté que tu désires : celui de 4-Trine ou mon côté à moi... Zoé !

J'peux continuer ? BON ! Et aussi, tu peux lire une histoire, et lorsque le texte change de couleur, retourne ton livre. À la même page de l'autre côté, tu vas découvrir des choses...

Deux aventures dans un même livre.

Tu crois qu'elle a capté ?

CERTAIN ! Elle a l'air d'être aussi brillante et géniale que nous...

Il paraît que ce n'est qu'à Woopiville qu'il est possible de voir un soleil aussi brillant, aussi beau. Un soleil splendide, qui réchauffe les cœurs et répand partout dans la ville de jolis rayons dorés de bonheur. Sa lumière enjolive les maisons colorées et les arbres, et guérit même les petits malheurs.

Dans le ciel de Woopiville, très rares sont les nuages gris ou noirs, ils sont presque toujours d'un blanc immaculé. Souvent, si on s'attarde à les observer dans le ciel, ils empruntent des formes d'animaux, de sourires et de cœurs en balade. C'est comme si un artiste du bonheur les sculptait, un sculpteur de nuages...

OUAIP !

ÇA, C'EST LE SOLEIL DE WOOPIVILLE...

Il y a même des filles qui disent qu'il y a deux soleils dans le ciel : un FABULEUX, un méga SUBLIME à Woopiville, et un deuxième, beaucoup plus moche, il faut le dire, pour le reste de la planète. Personne ne les a jamais vus côte à côte, et c'est mieux ainsi, car il y en aurait qui piqueraient des crises épouvantables de jalousie...

CERTAIN !

Bon ! ouais, d'accord ! Il y a des garçons qui disent, lorsqu'ils entendent ce genre de trucs, que les filles sont COMPLÈTEMENT FOLLES ! C'est qu'eux, ils n'ont absolument rien compris de la vie. En fait, ils préfèrent plutôt jouer à des jeux vidéo, écouter des films de karaté et chercher la bagarre, question de mettre un peu de piquant, d'action, dans la cour d'école. FAIRE TOMBER LA PLUIE ! comme ils disent. Ce qui signifie... FAIRE PLEURER QUELQUES FILLES ! Juste pour le FUN !

Ça, c'est vraiment... NUL !

AH OUAIS ! Mais aujourd'hui, Zoé et 4-Trine, ces deux SUPER COMPLICES, vont donner à ces garçons effrontés toute une leçon. Elles vont leur montrer qu'il est même TRÈS POSSIBLE de transformer leur orage... EN CIEL RADIEUX !

— TROP CHOU ! je te dis, s'affole Zoé devant son amie 4-Trine. Ce groupe me fait complètement... CRAQUER ! Non mais, tu as vu le dernier clip des Trop Chou à la télé hier ?

JE FLIPPE À MORT !

— Hmmm ! ouais... murmure 4-Trine, qui regarde ailleurs.

Cette dernière semble plutôt absorbée par une inquiétante situation qui se déroule à l'autre extrémité de la cour de l'école.

Voyant que son amie ne semble pas trop écouter ce qu'elle lui dit, Zoé décide de faire un petit test.

— Dis-moi, 4-Trine !

Au bout de plusieurs longues secondes, son amie répond, sans toutefois se tourner vers elle.

—

— C'est que, commence Zoé, ce midi, voudras-tu encore une fois qu'on s'échange nos sandwiches ?

— Si tu veux ! répond tout bas 4-Trine, immobile, le regard toujours braqué vers le fond de la cour.

— Moi, j'ai un sandwich aux vers de terre et à la crotte d'oiseau, sur pain contaminé de bactéries de moisissures de fond de poubelle, lui décrit Zoé, C'EST SUPER BON !

D'autres longues secondes s'écoulent avant que Zoé ne daigne lui répondre.

— Ouais ! Bien sûr ! J'aime beaucoup ça, moi aussi !

Le visage de Zoé se contorsionne dans une épouvantable grimace de frustration.

— MAIS TU N'AS ABSOLUMENT RIEN CAPTÉ DE CE QUE JE VIENS DE TE CAUSER! s'emporte-t-elle.

Devant les paroles de son amie, 4-Trine sursaute.

— QUOI ? QU'EST-CE QUE J'AI ENCORE FAIT ?

— TU NE M'ÉCOUTES PAS ! Tu es sur TA planète, proteste Zoé, et moi, je suis **comme** pas là avec toi...

4-Trine se tourne enfin vers son amie.

— HÉ ! HO ! Inutile de te foutre en pétard, la rassure-t-elle. Il y a quelque chose de pas **sensass du tout** qui se passe là-bas.

Le visage de Zoé devient tout à coup très sérieux lorsqu'elle aperçoit elle aussi Émilie et Shannie dans le coin le plus éloigné de la cour de l'école. Retirées des autres élèves, les deux filles semblent coincées entre trois garçons qui gesticulent devant elles, de façon méchante.

Théo, Étienne et Matisse, ces trois-là, parce qu'ils se disent les plus beaux garçons de l'école, se croient tout permis. Ah, peut-être qu'ils sont mignons, mais leur attitude **DESTROY** fait vraiment pester les autres élèves...

— ÇA SENT MAUVAIS CETTE HISTOIRE ! constate alors aussi Zoé.

— ÇA PUE TU VEUX DIRE ! la reprend son amie. Est-ce que tu penses la même chose que moi ?

Les deux filles se tournent l'une vers l'autre.

— TAXAGE ! chuchote alors Zoé.

4-Trine hoche la tête dans l'affirmative. Parce qu'elles ont le mot « respect » tatoué sur le cœur, elles deviennent alors écarlates.

— **OK !** s'emporte 4-Trine. JE VAIS ALLER LEUR DONNER UNE DE CES RACLÉES, À CES TROIS IDIOTS ! JE VAIS LEUR RÉORGANISER LE FACIÈS, ET ILS NE SERONT PLUS JAMAIS BEAUX, COMME ILS LE PRÉTENDENT ! FINI !

elle en est très capable !

Lorsqu'elle tente de faire un pas en direction des trois garçons, son amie Zoé l'arrête en se plaçant devant elle...

— **nooooon, stop !** Ce n'est pas avec la violence que l'on va régler ce problème. C'EST AVEC DIPLOMATIE ! Tu restes ici ! J'y vais, moi. Si tu vois que ça se gâte, tu vas chercher le directeur...

Pour se calmer, 4-Trine inspire un grand coup, croise les bras, et s'appuie sur le mur de briques... Devant elle, Zoé s'éloigne...

Alors que 4-Trine essaie de retrouver son calme, elle aperçoit Zoumi, qui marche dans sa direction.

— **ah non !** murmure-t-elle en apercevant le jeune et frêle garçon qui arrive vers elle... MONSIEUR POT-DE-COLLE !

Comme elle le craignait, **il s'arrête** devant elle.

— Mais, Madame 4-Trine, commence Zoumi de sa délicate voix.

Le ton de voix du garçon lui tombe depuis toujours sérieusement sur les nerfs.

— J'ai comme la vague impression que vous m'évitez, merci ! lui demande ce dernier.

Les yeux de 4-Trine roulent dans leur orbite. Zoumi l'exaspère. Elle se tourne vers lui.

— Zoumi ! Tu m'énerves vraiment avec tes « mercis » à la fin de chacune de tes phrases, et je t'ai dit cent fois de ne pas m'appeler « madame », j'ai l'impression d'être une vieille dame avec une canne...

Tout d'abord, Zoumi se met à dévisager 4-Trine de son air hébété habituel, puis ensuite, il se met à sourire.

— QUOI ? QU'EST-CE QU'IL Y A ? veut alors comprendre 4-Trine.

— **CENT FOIS !** répète Zoumi, toujours aussi imprévisible. Si vous les avez comptés, Madame 4-Trine, c'est que vous avez des sentiments pour moi ? Les mêmes que j'ai pour vous, merci !

Découragée, 4-Trine baisse les bras.

— **nooooooon ! cent fois non !** s'écrie-t-elle encore une fois pour se faire comprendre.

M'ÉNERVE ENCORE PLUS !

— ENCORE « CENT » ! fait remarquer le jeune garçon. Vous aimez vraiment ce nombre, Madame 4-Trine. M'aimez-vous autant que le nombre cent, Madame 4-Trine ? Merci !

Excédée, 4-Trine croise soudain le regard de Shannie, qui arrive près d'elle avec sa sœur Émilie.

JUSTE À TEMPS !

— Vous me sauvez la vie ! leur lance-t-elle tout bas lorsqu'elles arrivent.

4-Trine leur montre discrètement Zoumi avec son pouce.

Les yeux rougis, Shannie et Émilie lui sourient tout de même. 4-Trine remarque tout de suite que ses deux amies ont pleuré.

— QU'EST-CE QU'ILS VOUS ONT FAIT CES RUSTRES ? veut-elle absolument savoir, ET VITE !

Elle parle bien sûr de Théo, Étienne et Matisse.

Shannie, lentement, baisse la tête avant de lui répondre.

— Ils ont dit que nous étions les plus laides de la classe, de l'école, je veux dire, commence-t-elle à lui raconter.

— Et que lorsqu'ils ont la SUPER GRANDE MALCHANCE de nous croiser dans la rue le jour, poursuit Émilie, la nuit suivante, ils ne peuvent pas dormir parce que

nous leur rappelons les plus effroyables monstres des plus terrifiants films d'horreur qu'ils ont loués au Vidéo Pop.

4-Trine éclate de colère.

— Je ne sais pas ce qui me retient d'enfermer ces trois **ZOZOS** dans les égouts de la ville pendant quelques semaines, songe-t-elle.

Shannie et Émilie lui lancent toutes les deux des sourires tristounets.

— Après un petit séjour comme celui-là, s'imagine ensuite 4-Trine, ils en ressortiraient tous les trois avec des tas de bobos purulents, et ils seraient **TOTALEMENT HIDEUX !** Ça les ferait réfléchir pour un petit bout de temps.

De toute évidence, 4-Trine aimerait bien trouver une façon de punir ces trois garçons ou de leur donner une sérieuse leçon de savoir-vivre. Lorsqu'elle se tourne vers Théo,

Étienne et Matisse, elle aperçoit, à l'autre bout de la cour, à son grand étonnement et à son méga grand dégoût, son amie Zoé qui est sur le point... D'EMBRASSER L'UN DE CES TROIS GARÇONS !

BEURK !

Mais juste avant qu'elle ne s'exécute, Zoé se ravise.

OH ! Elle arrive maintenant vers 4-Trine d'un pas décidé.

OUI !

Retirées des autres élèves de la classe, Zoé, 4-Trine, Shannie et Émilie discutent.

— Elles m'ont tout raconté ! dit 4-Trine à son amie. TOUT ! Ces trois idiots les ont traitées de monstres... C'EST TOTALEMENT INACCEPTABLE !

non !

4-Trine enroule ses deux bras amicalement autour du cou de Shannie et d'Émilie.

— Qu'est-ce que tu proposes ? lui demande Zoé.

— Je ne sais pas encore, lui répond son amie 4-Trine. Mais je te jure que je vais me forcer. Je dois trouver quelque chose de...

SUBLIMEMENT RUSÉ !

Soudain, la cloche annonçant la fin de la récré se fait entendre :

« ELLE T'AIME YEAH ! YEAH ! YEAH ! »

Ça, OUAIS ! C'est la sonnerie musicale de la cloche de l'école depuis que 4-Trine a tripoté, ET VERROUILLÉ, le système de sonneries de l'école...

En direction de la classe, 4-Trine, qui marche derrière ses amies, remarque tout à coup que la porte de la classe est presque complètement fermée. Elle l'est quelquefois pour permettre à des élèves qui n'ont pas suffisamment bossé de reprendre certains travaux, mais hier, 4-Trine s'en souvient trop bien... TOUT LE MONDE AVAIT CONGÉ DE DEVOIRS ! Alors pourquoi est-elle fermée aujourd'hui ?

— QUELQU'UN VEUT NOUS JOUER UN SALE TOUR ! en conclut-elle. Il n'y a pas d'autre explication.

Ses yeux s'agrandissent de terreur lorsqu'Émilie pose ses deux mains sur la porte pour la pousser et entrer la première...

— **NOOOON !** s'écrie 4-Trine trop tard. C'EST UN PIÈGE !

Caché sur le rebord supérieur de la porte, un contenant de yogourt aux bleuets ouvert dégringole... ET TOMBE EN PLEIN SUR LA TÊTE DE LA PAUVRE ÉMILIE !

SPLOOUURB !

Dans la classe, trois élèves pouffent d'un rire bruyant.

Bien entendu, il s'agit de ces trois mêmes déplaisants : Théo, Étienne et Matisse.

— ET VOICI NOTRE REINE DE BEAUTÉ COURONNÉE ! s'exclame très fort Théo. Mesdames et messieurs, voici... MISS WOOPIVILLE !

Étienne et Matisse se tordent de rire.

Immobile, Émilie se met soudain à trembler de tout son corps sur le seuil de la porte pendant de longues secondes. Puis, en pleurant à chaudes larmes, elle s'éclipse dans le couloir.

Derrière elle, Zoé et sa sœur Shannie la poursuivent...

Le visage mauve de colère, 4-Trine entre en trombe dans la classe, et se jette comme un fauve sur Théo. Alertée par le boucan et les cris, Caroline, leur enseignante, accourt. Lorsqu'elle pénètre dans sa classe, c'est un désordre total qui règne. Au beau milieu du local, entourés de plusieurs élèves qui observent, pantois, la scène, 4-Trine et Théo se poussent et s'invectivent mutuellement.

Caroline écarte quelques élèves et empoigne avec autorité les deux chamailleurs.

— ÇA SUFFIT VOUS DEUX ! MAIS QU'EST-CE QUE VOUS FAITES ?

— C'EST CETTE NOUILLE MADAME ! s'emporte 4-Trine, toujours en furie. AVEC SES DEUX CLOWNS, ÉTIENNE ET MATISSE, IL NE CESSE DE COUVRIR D'INJURES ÉMILIE ET SHANNIE.

Caroline se tourne vers Théo.

— MAIS NOUS N'AVONS RIEN FAIT, NOUS, MADAME CAROLINE, se défend tout de suite ce dernier, l'air complètement inno-cent. Jamais nous n'oserions dire quoi que ce soit pour blesser l'un de nos amis de classe, vous me connaissez, madame, je suis toujours impliqué dans toutes les œuvres de charité de la ville. C'est contre ma nature d'être méchant...

Caroline inspire profondément.

— Tu as raison Théo, lui concède son enseignante.

Les yeux de 4-Trine s'agrandissent d'étonnement.

— **QUOI?** pousse-t-elle, indignée. Mais, madame Caroline, VOUS N'ALLEZ TOUT DE MÊME PAS CROIRE CE CHARABIA ?

Son enseignante se tourne vers elle.

— Toi, au contraire, 4-Trine, ce n'est pas la première fois que tu es impliquée dans des situations semblables, tu vas aller t'expliquer au directeur, viens avec moi.

Avant de quitter la classe, 4-Trine aperçoit Théo qui lui lance un regard des plus...

DIABOLIQUE !

— Tu ne perds rien pour attendre, lui murmure tout bas 4-Trine alors qu'elle sort de la
classe avec son enseignante.

Dans le bureau du directeur, 4-Trine se fait
totalement ENGUEULER comme du poisson
pourri.

— JE NE TOLÉRERAI AUCUN ACTE DE
VIOLENCE DANS MON ÉCOLE, EST-CE QUE TU
M'AS COMPRIS 4-TRINE ?
Complètement calée dans un fauteuil en
face du pupitre du directeur, 4-Trine encaisse
sans broncher. Elle sait très bien qu'elle ne
pourra pas excuser ni expliquer son comporte-
ment. Résignée, elle s'incline et baisse la tête.
Le directeur s'assoit lui aussi pour reprendre son souffle.
— Juste à l'extérieur de mon bureau, commence-t-il, un peu moins en rogne, il y a le
pupitre des châtiments, TU TE RAPPELLES
LEQUEL ?

Malgré qu'elle s'y soit assise plus souvent que n'importe quel autre élève, 4-Trine feint de ne pas savoir de quel pupitre le directeur parle.

— Euh non ! Ça ne me dit rien, fait-elle, en bonne comédienne.

—

se met encore à crier le directeur. Tu vas t'y installer pour me copier cinq cents fois, NON ! MILLE FOIS ! la phrase suivante : Avec la violence, on ne règle rien.

ABSOLUMENT !

— MAIS ! Monsieur le directeur, MILLE FOIS ? Mais je vais être collée là SUPER LONGTEMPS ! se plaint-elle, et avec raison. J'ai l'intention de me marier un jour et d'avoir des enfants vous savez ? MILLE FOIS ! Je vais sortir de cette école dans des années, avec les cheveux tout gris !

— SILENCE ! lui ordonne le directeur. Commence tout de suite.

— MILLE FOIS ! répète-t-elle. Alors dans ce cas, je vais avoir besoin d'au moins quatre crayons à mine.

— Tu prends ce dont tu as besoin sur mon pupitre, mais tu t'exécutes TOUT DE SUITE, réitère-t-il d'une façon très autoritaire.

Dans le couloir désert, 4-Trine s'assoit au pupitre pour préparer son matériel. La copie, elle connaît. Si bien qu'elle a un truc sensation-nel pour que ça aille **HYPER VITE** ! Tout ce qu'elle a à faire, c'est de coller les quatre crayons ensemble avec du ruban adhésif, et voilà ! De cette façon, le travail se fait quatre fois plus vite... **SUFFIT DE S'APPLIQUER !**

Après avoir terminé, presque à la toute fin de la journée, elle remarque qu'elle a même un peu de temps pour lire une page de Poupoulidou, sa bédé préférée de...

Poupoulidou PART 21

ET DÉVORER... NON !

RAPPELONS-NOUS ENSEMBLE LA FIN DU DERNIER ÉPISODE : VOUS VOUS EN SOUVENEZ, APRÈS AVOIR ÉTÉ TÉLÉPORTÉ SUR LA TERRE ENTRE DEUX ORTEILS PUANTES, POUPOULIDOU ÉTAIT SUR LE POINT DE SE FAIRE CAPTURER PAR UNE TERRIENNE,

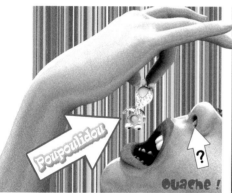

Poupoulidou

?

Ouache !

AVERTISSEMENT

CERTAINES DES SCÈNES QUI VONT SUIVENT POURRAIENT OFFENSER LE JEUNE PUBLIC. IL EST CONSEILLÉ DE LES REGARDER EN PRÉSENCE D'UNE PERSONNE ADULTE QUI N'A PAS PEUR DE SON OMBRE...

(BONNE IDÉE !)

MAIS ALORS QU'UN SORT CRUEL SEMBLE MALHEUREUSEMENT ATTENDRE NOTRE AMI POUPOULIDOU...

UN SUPER DRÔLE DE SILEMENT GENRE

ZZZZZZZZZZIIIIIIIOOOUUU !

COUVRE TOUT À COUP LE BRUIT CACOPHONIQUE DE LA MASTICATION DES HUMAINS EN TRAIN DE S'EMPIFFRER COMME DES PORCS DANS LE RESTAURANT...

LA SUITE DANS LA PARTIE DE ZOÉ

Lorsque la cloche se fait entendre dans l'école, 4-Trine n'attend pas une seconde de plus. Elle se catapulte dans le bureau du directeur, et dépose fièrement les quarante feuilles de copie devant lui, sur son bureau.

Éberlué de voir avec quelle rapidité 4-Trine a effectué sa punition, le directeur se met à vérifier l'une après l'autre les feuilles mobiles. Après avoir bel et bien constaté qu'elles étaient toutes bien remplies, il s'aperçoit que 4-Trine s'est éclipsée en douce.

— **ZUT !** Je n'avais pas terminé avec elle.

Vu sa rapidité d'exécution, il voulait, de toute évidence, lui en demander encore quelques centaines.

Dehors, en face de l'école, 4-Trine remarque soudain Zoé, Émilie et Shannie, qui l'attendent...

— **MAIS QU'EST-CE QUE TU AS FAIT ?** veut tout de suite savoir Shannie, qui l'accueille la première à l'extérieur.

— COMME TOUJOURS, DE LA COPIE ! lui répond 4-Trine, qu'est-ce que tu penses !

— **COMBIEN ?** lui demande Zoé.

— MILLE FOIS !

MOCHE ! TRÈS MOCHE !

Zoé, Émilie et Shannie grimacent toutes les trois.

— C'est beaucoup ! lui dit Shannie.

4-Trine hoche la tête de haut en bas.

C'EST ÉNORME COMME TRAVAIL !

— Alors ! Qu'est-ce qu'on fait maintenant ? demande Zoé à son amie 4-Trine.

— Dix-neuf heures, chez moi ! lui répond-elle. Vous venez toutes les trois. Il nous faut établir un stratagème. Demain, il faudra que ces trois idiots en bavent AU MAX ! ILS VONT PAYER, J'EN FAIS LA PROMESSE !

— DIX-QUATRE ! répondent Zoé, Shannie et Émilie.

À PLUS !

VROOOOOOUUUUUUUUUUUUUUU

Dix-huit heures et cinquante-quatre minutes, dans la chambre de 4-Trine...

— AH BON ! VOILÀ ! C'est ce que je pensais, signale Zoé à son amie 4-Trine. C'est écrit noir sur blanc ici, dans ton dictionnaire. Sarcasme : énoncé avec lequel on tourne en dérision une personne en l'insultant.

25

— Alors, c'est bien ça, lorsque Théo et ses amis ont traité Émilie de « Miss Woopiville », en conclut 4-Trine, ce n'était que pour lui faire de la peine, pour lui dire, en fait, qu'ils la trouvaient...

VACHEMENT LAIDE !

— NOUS L'AVONS ENTENDU TOUTES LES DEUX DE NOS PROPRES OREILLES ! réalise aussi Zoé. Ces trois garçons sont OFFICIELLEMENT MÉCHANTS !

Un sourire malicieux illumine soudain le visage de 4-Trine.

— AH ! ils veulent jouer avec les mots ! dit-elle alors qu'elle vient d'avoir une idée brillante. Eh bien, nous allons leur donner toute une leçon... DE FRANÇAIS ! Nous allons organiser une SUPER MÉGA GRANDE FÊTE,

un **BAL DES LAIDES** où ne seront invitées que les moches : Émilie, Shannie, toi, moi, et toutes les autres filles de l'école... PAS UN SEUL GARÇON !

— QUOI ? s'exclame Zoé, offusquée. **JE SUIS MOCHE, MOI ?**

— Fais-moi confiance ! Tu seras très contente d'être laide, tu verras...

Arrive à ce moment-là, par la fenêtre ouverte, une cacahuète qui tombe, et roule sur le tapis.

— **ZUT !** s'exclame Zoé en la ramassant. Il y a des écureuils qui nous lancent des pinottes. C'EST SANS DOUTE UNE ESCOUADE DE PETITS RONGEURS ENTRAÎNÉS À NOUS ATTAQUER PAR THÉO ! IL EST VRAIMENT PRÊT À TOUT CET IMBÉCILE !

IMPOSSIBLE !

27

— MAIS QU'EST-CE QUE TU RACONTES COMME IDIOTIE ? la réprimande 4-Trine en se penchant à sa fenêtre.

Une deuxième cacahuète arrive sur son front.

POC !

— AÏE !

Dans le jardin, il n'y a pas un seul écureuil, mais plutôt Shannie et Émilie. Elles lui envoient la main.

— FAITES CESSER LA FUSILLADE ET MON-TEZ, LES FILLES ! les invite 4-Trine.

Puis elle se retourne vers Zoé en se frottant la tête.

— Une escouade de rongeurs à la solde de Théo ??? répète-t-elle à son amie pour lui démontrer à quel point, quelquefois, elle peut lancer des absurdités TOTALEMENT ridicules.

Zoé grimace pour s'en excuser.
La porte de la chambre de 4-Trine s'ouvre.

— **NOUS AVONS UN PLAN !** s'écrie Zoé alors que les deux sœurs pénètrent dans la chambre de 4-Trine. Un plan complètement...

Shannie et Émilie s'en réjouissent.
— Je vous explique ! leur dit 4-Trine.

Le lendemain matin, des attroupements d'élèves examinent attentivement des petites affiches placardées partout sur les murs dans l'école annonçant une **méga** grande fête.

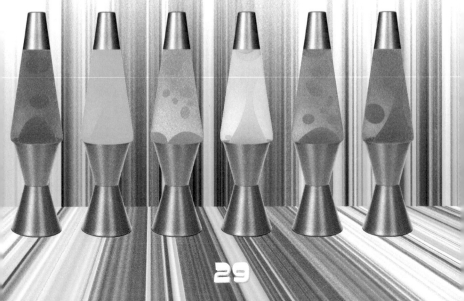

Dans l'un des couloirs de l'école, Théo, Étienne et Matisse aperçoivent eux aussi les affiches.

— MAIS QU'EST-CE QUE C'EST QUE CETTE CONNERIE ! s'exclame Matisse, les yeux ronds comme des pièces de monnaie.

Théo s'approche de l'une d'elles pour lire le texte.

— AH fait-il après avoir terminé la lecture. Ça, c'est une autre combine de Zoé et 4-Trine. Je reconnais leur style. Si elles croient qu'avec ce petit complot insignifiant elles vont nous faire regretter amèrement ce que nous avons fait, elles se trompent.

nous sommes et resterons les terreurs de l'école !

4-Trine, qui se dirigeait vers le gymnase avec d'autres affiches sous les bras, bifurque pour s'approcher d'eux.

— QU'EST-CE QUE TU EN PENSES THÉO ? lui crie-t-elle au loin.

Théo pose ses deux mains sur ses hanches alors que 4-Trine arrive près de lui.

— P A U V R E NOUILLE ! l'insulte-t-il sans retenue. À votre bal des laides, il n'y aura que quatre filles : toi, ta super copine **ZOZOé**, et les deux têtes-de-fougère-sur-pattes. QUATRE ! C'EST TOUT...

Alors que 4-Trine s'apprête à ouvrir la bouche pour répliquer à cette autre attaque irrespectueuse de Théo, deux garçons apparaissent à l'autre extrémité du couloir et s'amènent vers eux en courant. Il s'agit de Charles et Tommy.

— **4-TRINE ! 4-TRINE !** hurle Charles, à bout de souffle et tout énervé. Nous t'avons cherchée dans toute l'école.

— Pourquoi ? veut-elle savoir. Qu'est-ce qui se passe ?

— **PAR, PAR TON AMIE ZOÉ**, commence-t-il en essayant de retrouver son souffle. J'ai été nommé officiellement le garçon le plus laid de l'école... **L'HORREUR EN CHEF !** qu'elle a dit.

Tommy hoche la tête pour le confirmer.

— Et elle a aussi dit que moi j'étais telle-ment laid que je lui coupais l'appétit, lui men-tionne ce dernier. EST-CE QUE TU RÉALISES QUE JE SUIS LAID AU POINT DE LA FAIRE PRESQUE VOMIR ! C'EST FORMIDABLE, NON ?

Théo, Étienne et Matisse se regardent tous les trois, la mine déconfite.

4-Trine baisse la tête et sourit à Théo d'une façon tout à fait diabolique. Ensuite, elle plonge sa main dans son sac à dos pour en ressortir deux billets.

— Voici vos billets, les garçons. ALLEZ ! Dégagez de ma vue, espèces d'abominations de la race humaine. On se revoit demain soir chez Roxanne. Moi, je dois aller coller ces dernières affiches dans le gymnase.

BYE ! BYE !

Et elle s'éclipse par la double porte de la grande salle.

Juste comme Tommy et Charles allaient partir, Théo saisit le bras de ce dernier pour l'arrêter.

— MAIS QU'EST-CE QUE TU FOUS, CHARLES ? Tu ne vas tout de même pas te laisser traiter de tous les noms sous prétexte que tu veux aller à ce stupide bal ? JE TE PLAINS, TU SAIS !

Au grand étonnement de Théo, Charles arbore maintenant un sourire enjoué.

— MAIS C'EST COMPLÈTEMENT KIP D'ÊTRE LAID ! répond celui-ci, les yeux malicieux. Et puis, c'est toi qui es plutôt à plaindre, TU ES BEAU ! Comme c'est dommage pour toi, toutes les filles de l'école le disent d'ailleurs...

— MAIS QUI EST-CE QUI A DIT QUE J'ÉTAIS BEAU ?

Tout au fond de lui, Théo commence à en avoir ras-le-bol de cette histoire de laids et de beaux, vraiment...

RAS LE POMPON !

Charles et Tommy s'éloignent en brandissant fièrement leur billet.

Quelques minutes plus tard, dans la cour de l'école, à la récré, Théo, Étienne et Matisse se retrouvent comme à l'écart des autres élèves qui, eux, semblent les éviter comme la peste. Ils sont tous les trois beaucoup moins bavards que d'habitude.

ÉTRANGE !

Deux filles d'une autre classe passent tout à coup près d'eux. C'est Maude et Léa, des élèves de madame Estelle. Elles n'ont pas encore remarqué les trois garçons dans l'ombre du mur.

— Avant la récré, raconte Maude à Léa, soixante-et-onze des soixante-quatorze garçons de l'école ont été déclarés officiellement LAIDS par le comité de sélection de la soirée, et de ce fait, ont été acceptés pour participer au bal des laides. Presque tout le monde sera là... SAUF TROIS GARÇONS !

— QUI ? QUI ? QUI ? meurt de savoir Léa.

Théo, Étienne et Matisse tendent l'oreille.

Alors que Maude s'apprête à répondre à son amie, elle aperçoit soudain du coin de l'œil les trois garçons. Elle assène alors un coup de coude discret à son amie.

— TUT ! TUT ! TUT ! lui murmure-t-elle ensuite. Ce sont eux ! Les pauvres, ils n'ont vraiment aucune chance, c'est vrai qu'ils ne sont pas laids du tout.

C'EST MOCHE POUR EUX !

Puis Maude s'éloigne en traînant avec elle son amie.

Léa jette un coup d'œil discret par-dessus son épaule, dans la direction de Théo et de ses deux amis.

— TU AS RAISON ! Ils sont tous les trois beaux... OUACHE ! Les pauvres...

Léa arbore devant son amie une grimace de dégoût.

Tout au long de la récré, partout dans la cour de l'école, plusieurs élèves jettent des regards de dégoût vers Théo, Étienne et Matisse. D'autres, moins discrets, se mettent

carrément à rire d'eux, en se cachant à peine la bouche avec leur main.

Exaspéré, Théo pousse un très long soupir et baisse les bras.

Matisse s'approche de lui.

— Dis ! Tu ne te laisseras pas duper par les filles... non ?

— TU PRÉFÈRES POIREAUTER COMME UN IMBÉCILE CHEZ TOI PENDANT QUE TOUS LES AUTRES S'ÉCLATENT AU BAL DES LAIDES ? tente de lui faire réaliser Théo. ÇA NE M'AMUSE PAS D'ÊTRE EXCLU !

Étienne et Matisse viennent finalement de saisir eux aussi.

— **BON !** dit alors Théo. Il faut trouver qui siège à ce fameux conseil.

— C'est écrit sur l'affiche qu'il faut le demander à Zoé et 4-Trine, se rappelle Étienne.

— TIENS ! s'exclame Matisse. Quand on parle des louves.

Alors que Zoé et 4-Trine ouvrent la porte pour sortir dans la cour, Théo se lance tout de suite vers elles et les interpelle.

— J'insiste pour rencontrer le comité organisateur de l'évènement ! les apostrophe-t-il, décidé. C'est important, et surtout... CAPITAL !

— LE COMITÉ D'ORGANISATION ! répète 4-Trine. Certainement, Monsieur, quel est le sujet de votre requête ?

— C'est pour une demande officielle d'autorisation de participation au bal des laides. Qui sont ces personnes et où est-ce que je peux les trouver ?

— Les membres décisionnaires de ce comité sont devant toi, sombre idiot ! lui lance 4-Trine.

C'EST NOUS !

Théo les dévisage...

— Mais je ne crois pas que je puisse vous permettre d'y aller, puisque, lui avoue Zoé, VOUS ÊTES TOUS LES TROIS TELLLLLEMENT BEAUX !

— NOUS SOMMES LAIDS ! TRÈS LAIDS MÊME ! s'écrie Théo avec insistance.

Ses amis Étienne et Matisse le dévisagent d'étonnement.

Théo se penche vers eux.

— QUOI ? VOUS PRÉFÉREZ PASSER VOTRE SAMEDI SOIR À VOUS CURER LE PIF ?

Étienne et Matisse hochent la tête pour dire non.

— Et puis, ils vont procéder au tirage d'un scooter, rappelle Matisse à Étienne.

Ce dernier réalise comme les deux autres que ce bal des laides n'est certes pas une fête à manquer.

4-Trine, qui attend la suite, croise les bras de façon autoritaire devant Théo. Elle sait maintenant qu'elle a le pouvoir de faire manger dans sa main les trois petits fauteurs de trouble de l'école.

— Maintenant, lui demande 4-Trine, vous allez m'expliquer pourquoi vous êtes laids tous les trois, et pas beaux.

— Tu sauras ma chère que la beauté n'est pas seulement une affaire D'APPARENCE EXTÉRIEURE, commence Théo, l'air très con-vaincu de ce qu'il avance.

— C'est vrai !

approuve aussi son ami Matisse. Il y a aussi la BEAUTÉ INTÉRIEURE, tu sauras.

— Et qui est CENT FOIS plus importante, ajoute à son tour Étienne.

Zoé et 4-Trine se lancent réciproquement un clin d'œil.

C'est gagné !

Zoé se tourne vers Théo.

— Mais qu'est-
ce que vous voulez
dire, tous les trois, par cette
affirmation ?

— Que... que... bafouillent-
ils... Nous avons été odieux en
traitant Shannie et Émilie de
tous les noms. NOUS AVONS
ÉTÉ TRÈS LAIDS !

TOTALEMENT INACCEPTABLE!

— TRÈS TRÈS LAIDS !
réalisent Étienne et Matisse en
murmurant.

Les trois garçons se regardent
longuement d'une mine songeuse.
Visiblement, il est très facile de
voir que maintenant, ils se rendent
compte du mal qu'ils ont fait depuis
quelque temps, et qu'ils regrettent
amèrement leurs imbécillités.

Voyant qu'ils sont tous les trois sincères, 4-Trine sort les trois billets de son sac à dos et les leur remet.

Avec fébrilité et soulagement, ils les prennent tous les trois, visiblement heureux de ne plus être tenus à l'écart des autres pour un prétexte aussi stupide que l'apparence.

Théo lève les yeux vers 4-Trine.

— Merci ! lui souffle-t-il d'une petite voix.

— Ce n'est rien ! lui répond-elle. Tu vas voir, nous allons vraiment nous amuser, le groupe de musique préféré de Zoé, les Trop Chou, sera là pour nous délier les jambes.

—   s'écrie cette dernière d'un cri à percer les tympans.

— Non ! reprend Théo pour poursuivre. Je ne te remercie pas pour les billets, mais pour la leçon.

4-Trine s'approche de Théo et lui donne un bec sur la joue.

— Je t'en prie ! lui répond-elle, un peu maligne.

Le lendemain soir, dans la grande salle de bal du manoir des parents de Roxanne, le bal des laides se déchaîne. Tous les élèves de l'école s'éclatent au son de la musique endiablée des...

TROP CHOU !

Sur la grande piste de danse baignée par des projecteurs multicolores et des stroboscopes scintillants, 4-Trine et Zoumi arrivent pour s'éclater avec les autres.

— Mais je vous préviens, Madame 4-Trine, je n'ai jamais dansé, je ne sais pas comment faire, merci.

Découragée, 4-Trine dévisage son jeune partenaire.

— COMMENT ? s'écrie-t-elle, la voix perdue dans la musique forte. TU NE SAIS PAS DANSER ?

Zoumi sourit et hoche la tête de gauche à droite.

— AH NON ! s'emporte 4-Trine. Il faut que je te montre tout à toi : parler français correctement, comment travailler à l'ordi, embrasser... Et maintenant, je dois te montrer comment danser !!! J'ai quelquefois l'impression d'être ta grande sœur. ALLEZ ! DONNE-MOI TA MAIN !

—  s'écrie Zoumi, aux anges.

Il est avec celle qu'il aime après tout...

— NOUS ALLONS ÉCLATER ! YOUPPI ! ÉCLATER ! se réjouit Zoumi. Nous allons éclater n'est-ce pas, Madame 4-Trine, merci !

Découragée, 4-Trine lève les yeux vers le ciel.

— NON ! Il faut dire : nous allons nous éclater, le corrige-t-elle. Nous allons nous éclater. Nous ne sommes pas du maïs soufflé.

Près d'un mur décoré de ballons et de guirlandes colorés, Shannie et Émilie, angoissées, aperçoivent toutes les deux Théo, Étienne et Matisse, qui s'amènent vers elles.

— Tu crois qu'ils vont encore nous crier des noms ? s'inquiète Shannie.

Près d'elle, sa sœur, tout aussi craintive, n'ose pas lui répondre.

Théo arrive alors avec ses deux amis.

— Euh ! Ah ! Shannie ! bafouille ce dernier devant les deux filles. Euh !...

— EUH ! bredouille aussi Matisse. Écoute, Émilie, euh, nous ne savons pas très bien danser, mais, euh...

Émilie, qui comprend tout à coup que les trois garçons regrettent, empoigne alors Étienne et Matisse et les tire tous les deux vers la piste de danse.

— Ne vous en faites pas les gars, les rassure-t-elle sans aucune rancune, venez ! J'vais vous montrer.

Un long et très gênant moment de silence survient après que cette dernière part avec Étienne et Matisse.

— Je n'ai pas gagné le scooter, dit tout à coup Shannie pour briser le silence. C'est le billet portant le numéro 127 qui a

44

été pigé. Moi, je n'étais même pas près, j'avais le numéro 036.

Théo demeure silencieux et il fixe le plancher. Visiblement, il est mal à l'aise. Les paroles méchantes qu'il a lancées à Shannie et sa sœur dans les deniers jours le hantent, ça se voit.

— Euh, Shannie, finit-il par dire enfin. Je voudrais bien te faire un cadeau pour que tu me pardonnes pour tout ce que je t'ai fait, mais tout ce que j'ai sur moi, tout ce que je peux te donner, c'est mon billet de tirage.

Théo tend son billet à Shannie, qui le prend.

— Mais Théo ! tu es super gentil, mais tous les tirages ont été effectués, lui rappelle-t-elle. Le scooter a été gagné.

— Je sais ! lui dit le garçon en la regardant tendrement. C'est pour cela que je te le donne.

Théo lui fait ensuite un immense sourire.

Confuse, Shannie baisse les yeux. Le billet que vient de lui donner Théo porte le numéro 127.

Retourne ton roman

TÊTE-BÊCHE

pour lire l'histoire de

ZOÉ

ZOÉ

— AH VOILÀ ! C'est ce que je pensais, signale Zoé à son amie 4·Trine. C'est écrit ici dans le dictionnaire. sarcasme : énoncé avec lequel on tourne en dérision une personne en l'insultant. Alors, lorsque Théo a traité Émilie de « Miss Woopiville », ce n'était que pour lui dire, qu'il la trouvait...

VACHEMENT LAIDE !

Un sourire malicieux illumine soudain le visage de 4·Trine.

— AH ! ces garçons veulent jouer avec les mots ! dit-elle alors qu'elle vient d'avoir une idée brillante. Eh bien, nous allons leur donner une leçon... Nous allons organiser une super fête, un BAL DES LAIDES où ne seront invitées que les personnes moches : Émilie, toi, moi, et les autres filles de l'école...

— QUOI ? s'exclame Zoé, offusquée. JE SUIS MOCHE, MOI ?

— Fais-moi confiance ! Tu seras très contente d'être laide, tu verras...

Créé par Richard Petit

Dépôt légal : Bibliothèque et Archives
nationales du Québec, 4e trimestre 2008

ISBN : 978-2-89595-350-0

Imprimé au Canada

Gouvernement du Québec – Programme de crédit d'impôt
pour l'édition de livres – Gestion SODEC

Boomerang éditeur jeunesse remercie la SODEC
pour l'aide accordée à son programme éditorial.

Nous reconnaissons l'aide financière du gouvernement du Canada
par l'entremise du Programme d'aide au développement
de l'industrie de l'édition (PADIÉ) pour nos activités d'édition.

edition@boomerangjeunesse.com
www.boomerangjeunesse.com

Il était **2** fois...

J'ai un peu le trac !

Bon ! Alors c'est moi qui vais lui expliquer. Il était **2** fois... est un roman TÊTE-BÊCHE, c'est-à-dire qu'il se lit à l'endroit, puis à l'envers.

NON ! NE TE METS PAS LA TÊTE EN BAS POUR LE LIRE... Lorsque tu as terminé une histoire, tu peux retourner le livre pour lire l'autre version de cette histoire. CRAQUANT, NON ? Commence par le côté que tu désires : celui de **4**-Trine ou mon côté à moi... Zoé !

J'peux continuer ? BON ! Et aussi, tu peux lire une histoire, et lorsque le texte change de couleur, retourne ton livre. À la même page de l'autre côté, tu vas découvrir des choses...

Deux aventures dans un même livre.

Tu crois qu'elle a capté ?

CERTAIN ! Elle a l'air d'être aussi brillante et géniale que nous...

I paraît que ce n'est qu'à Woopiville qu'il est possible de voir un soleil aussi brillant, aussi beau. Un soleil splendide, qui réchauffe les cœurs et répand partout dans la ville de jolis rayons dorés de bonheur. Sa lumière enjolive les maisons colorées et les arbres, et guérit même les petits malheurs.

Dans le ciel de Woopiville, très rares sont les nuages gris ou noirs, ils sont presque toujours d'un blanc immaculé. Souvent, si on s'attarde à les observer dans le ciel, ils empruntent des formes d'animaux, de sourires et de cœurs en balade. C'est comme si un artiste du bonheur les sculptait, un sculpteur de nuages...

OUAIP !

ÇA, C'EST LE SOLEIL DE WOOPIVILLE...

Il y a même des filles qui disent qu'il y a deux soleils dans le ciel : un FaBULeUX, un méGa SUBLIMe à Woopiville, et un deuxième, beaucoup plus moche, il faut le dire, pour le reste de la planète. Personne ne les a jamais vus côte à côte, et c'est mieux ainsi, car il y en aurait qui piqueraient des crises épouvantables de jalousie...

CERTAIN !

Bon ! ouais, d'accord ! Il y a des garçons qui disent, lorsqu'ils entendent ce genre de trucs, que les filles sont COMPLÈTEMENT FOLLES ! C'est qu'eux, ils n'ont absolument rien compris de la vie. En fait, ils préfèrent plutôt jouer à des jeux vidéo, écouter des films de karaté et chercher la bagarre, question de mettre un peu de piquant, d'action, dans la cour d'école. FAIRE TOMBER LA PLUIE ! comme ils disent. Ce qui signifie... FAIRE PLEURER QUELQUES FILLES ! Juste pour le FUN !

Ça, c'est vraiment... NUL !

AH OUAIS ! Mais aujourd'hui, Zoé et 4-Trine, ces deux SUPER COMPLICES, vont donner à ces garçons effrontés toute une leçon. Elles vont leur montrer qu'il est même TRÈS POSSIBLE de transformer leur orage... EN CIEL RADIEUX !

— TROP CHOU ! je te dis, s'affole Zoé devant son amie 4-Trine. Ce groupe me fait complètement... CRAQUER ! Non mais, tu as vu le dernier clip des Trop Chou à la télé hier ?

JE FLIPPE À MORT !

— Hmmm ! ouais... murmure 4-Trine, qui regarde ailleurs.

6

Cette dernière semble plutôt absorbée par une inquiétante situation qui se déroule à l'autre extrémité de la cour de l'école.

Voyant que son amie ne semble pas trop écouter ce qu'elle lui dit, Zoé décide de faire un petit test.

— Dis-moi, 4-Trine !

Au bout de plusieurs longues secondes, son amie répond, sans toutefois se tourner vers elle.

—

— C'est que, commence Zoé, ce midi, voudras-tu encore une fois qu'on s'échange nos sandwiches ?

— Si tu veux ! répond tout bas 4-Trine, immobile, le regard toujours braqué vers le fond de la cour.

— Moi, j'ai un sandwich aux vers de terre et à la crotte d'oiseau, sur pain contaminé de bactéries de moisissures de fond de poubelle, lui décrit Zoé, C'EST SUPER BON !

D'autres longues secondes s'écoulent avant que Zoé ne daigne lui répondre.

— Ouais ! Bien sûr ! J'aime beaucoup ça, moi aussi !

Le visage de Zoé se contorsionne dans une épouvantable grimace de frustration.

— MAIS TU N'AS ABSOLUMENT RIEN CAPTÉ DE CE QUE JE VIENS DE TE CAUSER ! s'emporte-t-elle.

4-Trine sursaute.

— QUOI ? QU'EST-CE QUE J'AI ENCORE FAIT ?

— TU NE M'ÉCOUTES PAS ! Tu es COMME sur TA planète, proteste Zoé, et moi, je suis COMME pas là avec toi...

4-Trine se tourne enfin vers son amie.

— HÉ ! HO ! Inutile de te foutre en pétard, la rassure-t-elle. Il y a quelque chose de pas SENSASS DU TOUT qui se passe là-bas.

Le visage de Zoé devient tout à coup très sérieux lorsqu'elle aperçoit elle aussi Émilie et Shannie dans le coin le plus éloigné de la cour de l'école. Retirées des autres élèves, les deux filles semblent coincées entre trois garçons qui gesticulent devant elles, de façon méchante.

Théo, Étienne et Matisse, ces trois-là, parce qu'ils se disent les plus beaux garçons de l'école, se croient tout permis. Ah, peut-être qu'ils sont mignons, mais leur attitude **DESTROY** fait vraiment pester les autres élèves...

— ÇA SENT MAUVAIS CETTE HISTOIRE ! constate alors aussi Zoé.

— ÇA PUE TU VEUX DIRE ! la reprend son amie. Est-ce que tu penses la même chose que moi ?

Les deux filles se tournent l'une vers l'autre.

— TAXAGE ! chuchote alors Zoé.

4-Trine hoche la tête dans l'affirmative. Parce qu'elles ont le mot « respect » tatoué sur le cœur, elles deviennent alors écarlates.

— **OK !** s'emporte 4-Trine. JE VAIS ALLER LEUR DONNER UNE DE CES RACLÉES, À CES TROIS IDIOTS ! JE VAIS LEUR RÉORGANISER LE FACIÈS, ET ILS NE SERONT PLUS JAMAIS BEAUX, COMME ILS LE PRÉTENDENT ! FINI !

elle en est très capable !

Lorsqu'elle tente de faire un pas en direction des trois garçons, son amie Zoé l'arrête en se plaçant devant elle...

— **nooooon, STOP !** Ce n'est pas avec la violence que l'on va régler ce problème. C'EST AVEC DIPLOMATIE ! Tu restes ici ! J'y vais, moi. Si tu vois que ça se gâte, tu vas chercher le directeur...

Pour se calmer, 4-Trine inspire un grand coup, croise les bras, et s'appuie sur le mur de briques... Devant elle, Zoé s'éloigne...

L'air de rien, Zoé s'amène vers Théo et ses deux complices habituels de conneries. Ses pas rapides et lourds résonnent sur le sol, même dans le tumulte de la cour d'école. En arrivant à la hauteur du trio de « **pas gentils** », elle s'aperçoit très très vite que quelque chose s'est EFFECTIVEMENT produit. Quelque chose de très sérieux parce que Shannie et Émilie...

PLEURENT TOUTES LES DEUX !

Malgré la vive colère qu'elle ressent tout à coup, Zoé parvient à garder son calme. Comme si elle ne s'était aperçue de rien, elle s'adresse aux deux filles, en leur souriant gentiment.

— MAIS QU'EST-CE QUE VOUS FAITES LES GIRLS ! Vous avez oublié la répétition, quoi ?

ÇA, C'EST CE QUE L'ON APPELLE... UNE ÉCHAPPATOIRE !

Le visage humide, le regard trahissant leur incompréhension, Émilie et Shannie lèvent toutes les deux la tête vers Zoé.

— Le spectacle de fin d'année est fichtrement loin d'être à point ! ALLEZ REJOINDRE 4-TRINE ! TOUT DE SUITE ! JE VOUS SUIS DANS QUELQUES MINUTES ! ET GROUILLEZ-VOUS ! NOUS AVONS DU BOULOT !

Zoé saisit les bras de ses amies, et les tire toutes les deux vers elle. Ensuite, elle les pousse pour les diriger vers 4-Trine, qui discute avec Zoumi...

— ZOUMI ! AH NON ! soupire Zoé tout bas en apercevant le jeune garçon avec sa meilleure amie.

4-Trine n'aime pas trop trop Zoumi, car elle le trouve un peu, beaucoup... POT DE COLLE ! C'est parce que ce pauvre garçon est, bon, en amour avec elle.

TOUT LE MONDE SAIT ÇA !

Alors que Shannie et Émilie s'éloignent, le faux sourire que Zoé arborait disparaît d'un seul coup de son visage qui lui, est maintenant froid comme le marbre. Elle se tourne vers Théo, qui la regarde d'un air triomphant. L'allure menaçante, elle approche son nez à un centimètre de celui du garçon.

— **THéO !** Lorsque la récré sera terminée, et que nous serons de retour dans la classe, n'oublie pas de faire un grand « X » sur la date d'aujourd'hui dans ton agenda. Parce que, vois-tu, tu n'es pas près d'oublier ce jour, ce jour où tu as fait... **La PLUS GRaNDe BévUe De Ta VIe !**

Théo et ses deux amis pouffent de rire...

— MAIS QU'EST-CE QUE TU VAS FAIRE ? demande Matisse, le visage crispé pour mimer une peur terrible. TU VAS NOUS LANCER DES GROS MOTS ?

— POUAH ! Ha ! Ha ! Ha ! s'esclaffent-ils encore tous les trois.

— VOUS N'ÊTES PAS GENTILS ! commence Étienne.

— CE N'EST PAS BIEN CE QUE VOUS AVEZ FAIT ! continue Matisse.

— NOUS ALLONS LE DIRE AU PROF ! finit Théo.

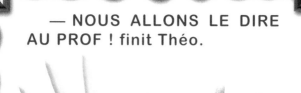

GNANGNAN !

Les trois se mettent à rire de nouveau.

Le bout du nez de Zoé touche maintenant celui de Matisse.

— MAIS NON, ESPÈCE DE TROU DE BEIGNE, QU'EST-CE QUE TU PENSES ! JE VAIS TOUT SIMPLEMENT VOUS FAIRE REGRETTER D'AVOIR TRAITÉ AINSI MES AMIES ! C'EST MAINTENANT MON SEUL OBJECTIF, MA SEULE RAISON DE VIVRE : VOUS FAIRE REGRETTER VOTRE STUPIDITÉ.

Puis, d'un mouvement sec, Zoé tourne les talons, et s'éloigne d'eux à son tour. Derrière elle, pas du tout impressionnés par ses menaces, les trois garçons se moquent en imitant ses gestes...

PAS GENTIL !!!

Retirées des autres élèves de la classe, Zoé, 4-Trine, Shannie et Émilie discutent.

— Elles m'ont tout raconté ! dit 4-Trine à son amie. TOUT ! Ces trois idiots les ont traitées de monstres... C'EST TOTALEMENT INACCEPTABLE !

4-Trine enroule ses deux bras amicalement autour du cou de Shannie et d'Émilie.

— Qu'est-ce que tu proposes ? lui demande Zoé.

— Je ne sais pas encore, lui répond son amie 4-Trine. Mais je te jure que je vais me forcer. Je dois trouver quelque chose de...

SUBLIMEMENT RUSÉ !

Soudain, la cloche annonçant la fin de la récré se fait entendre :

« **ELLE T'AIME YEAH ! YEAH ! YEAH !** »

Ça, OUAIS ! C'est la sonnerie musicale de la cloche de l'école depuis que 4-Trine a tripoté, **ET VERROUILLÉ**, le système de sonneries de l'école...

Dans le couloir, juste derrière Shannie et Émilie, Zoé aperçoit la porte de la classe qui, curieusement, est presque complètement fermée.

— Bon ! pense-t-elle. Peut-être qu'un élève est demeuré en classe pour reprendre ses devoirs mal faits. Caroline, notre prof, est très pointilleuse à ce sujet et elle ne laisse rien passer... UNE VRAIE MANIAQUE !

Bien parler et bien écrire, c'est important.

MÉGA IMPORTANT !

Lorsque Émilie s'apprête à ouvrir la porte, Zoé sursaute de peur parce que 4-Trine vient de lui crier quelque chose juste derrière les oreilles.

CRISE CARDIAQUE !

— AÏE ! QUOI ? DU CALME !

Caché sur le rebord supérieur de la porte, un contenant de yogourt aux bleuets ouvert dégringole... ET TOMBE EN PLEIN SUR LA TÊTE DE LA PAUVRE ÉMILIE !

SPLOOUURB !

Dans la classe, trois élèves pouffent d'un rire bruyant.

Bien entendu, il s'agit de ces trois mêmes déplaisants : Théo, Étienne et Matisse.

— ET VOICI NOTRE REINE DE BEAUTÉ COURONNÉE ! s'exclame très fort Théo. Mesdames et messieurs, voici... MISS WOOPIVILLE !

Étienne et Matisse se tordent de rire.

Immobile, Émilie se met soudain à trembler de tout son corps sur le seuil de la porte pendant de longues secondes. Puis, en pleurant à chaudes larmes, elle s'éclipse dans le couloir.

Derrière elle, Zoé et sa sœur Shannie la poursuivent...

Dans le couloir désert,
Zoé et Shannie suivent les
traces de yogourt mauve
sur le plancher qui con-
duisent aux toilettes des
filles.

— C'EST LÀ QUE
TA SŒUR S'EST
RÉFUGIÉE ! fait
remarquer Zoé à
Shannie.

— ON Y VA ! la
presse-t-elle.

À l'intérieur,
Émilie est penchée
au-dessus d'un
comptoir, et elle a
la tête sous un
séchoir ouvert.

Zoé avance
doucement vers
elle et pose sa
main sur son
épaule.

— Est-ce que
ça va Émilie ?
lui demande-
t-elle tout bas.

Émilie tourne
la tête.

— D'APRÈS
TOI ? lui demande
celle-ci.

18

Émilie, qui n'a pas perdu son sens de l'humour malgré ce qui vient de se passer, sait très bien que l'aspect grotesque de sa chevelure plus qu'abondante, et raide, fera certainement sourire son amie...

19

En effet, Zoé ne peut se retenir de rire. Elle porte sa main devant sa bouche pour se cacher.

PAS COOL !

— **EUH !** excuse-moi, fait cette dernière, visiblement mal à l'aise. Je suis désolée.

— Ce n'est pas grave, la rassure-t-elle. Ma sœur et moi, nous savons très bien que nous avons des têtes PAS POSSIBLES avec toute cette chevelure.

— Et dire que notre père est complètement chauve, lui précise Shannie. C'est à n'y rien comprendre.

— Ça doit être que le yogourt est très bon pour les cheveux, dit à la blague Zoé.

Émilie et Shannie se mettent à rire timidement toutes les deux.

— Bon ! Quel est le plan maintenant ? demande Shannie. Il faudrait penser à retourner en classe. Que vont dire les autres élèves en apercevant ma sœur. Et Théo aussi ? Il va encore se moquer d'elle devant tout le monde avec ses deux amis.

— Le truc, dans ce genre de situation, c'est de faire comme si de rien n'était, conseille Zoé. De cette façon, ces trois idiots vont se poser des tas de questions, et ils vont vouloir savoir ce que l'on manigance, peut-être même qu'ils vont craindre que nous nous vengions.

RESTONS COOL !

— Bonne idée ! lui concède Émilie. De nous voir cool, comme ça, ça va vraiment les faire pester.

— Mais il faut tout d'abord replacer tes cheveux, suggère fortement Zoé à Émilie. Tu ne peux pas rester comme ça.

OH nooooon !

— OPÉRATION coiffure ! s'exclame alors sa sœur Shannie alors qu'elle ouvre le robinet, et appuie sur le gros bouton du séchoir au mur.

BOOOOOOOOOOOOOOOOO-OUUUUU !

Quelques minutes plus tard, dans la classe, voyant que l'ordre est revenu, Caroline permet à ses élèves de lire un peu, question de vraiment calmer les esprits. Zoé soulève la porte de son pupitre pour en sortir sa bédé préférée, Poupoulidou, bien sûr...

Poupoulidou PART 22

ET JUSTE AU MOMENT OÙ POUPOULIDOU ALLAIT ÊTRE CROQUÉ COMME UN SIMPLE BONBON...

IL EST SAUVÉ IN EXTREMIS !

POUR CELLES QUI N'ONT ABSOLUMENT AUCUNE IDÉE DE CE QUE SIGNIFIE « IN EXTREMIS »,

LES DICTIONNAIRES ONT ÉTÉ INVENTÉS POUR CELA JUSTEMENT.

BON !

MAIS QUI, OU QUOI VIENT DE SAUVER NOTRE POUPOULIDOU D'UNE MORT CERTAINE ?

EST-CE UNE FUSÉE ?

OU PLUTÔT UNE MÉTÉORITE ?

C'EST PEUT-ÊTRE JUSTE QUELQU'UN QUI DOIT ALLER À LA TOILETTE ?

NON !

IL S'AGIT DE... STEVEN ROBIDOUX

LA SUITE DANS LE PROCHAIN ROMAN LIMONADE

22

À la fin de la journée, Zoé, Émilie et Shannie, impatientes, attendent devant l'école 4-Trine qui tarde à sortir.

— non, mais qu'est-ce qu'elle fout ! s'énerve Zoé.

— Tu crois qu'elle est encore en retenue au bureau du directeur ? demande Shannie à sa sœur. Tout ça parce qu'elle t'a défendue ?

— La pauvre 4-Trine a passé la journée à faire de la copie à cause de moi, se désole Émilie, qui se sent tout à coup méga coupable.

— Ne t'en fais pas pour elle ! la rassure Zoé. 4 Trine est une TOP en ce qui concerne la copie. Elle a une technique SUPER RAPIDE ! Elle ne devrait pas tarder...

— C'EST DE MA FAUTE SI 4-TRINE A PASSÉ LA JOURNÉE AVEC LE DIRECTEUR ! continue-t-elle de se lamenter. QUAND JE PENSE QUE SI J'AVAIS UNE TÊTE NORMALE COMME TOUT LE MONDE, RIEN DE TOUT CELA NE SE SERAIT PRODUIT ! STUPIDE COIFFURE ! JE CROIS QUE JE VAIS ME RASER JUSQU'AU CRÂNE !

— MAIS TU ES COMPLÈTEMENT FOLLE ! lui lance Zoé. Tu t'imagines, la tête ronde comme un ballon ? Tu te ferais encore plus emmerder par les trois idiots.

Shannie aperçoit soudain 4-Trine qui descend l'escalier de l'entrée.

— ELLE ARRIVE ! s'exclame-t-elle pour prévenir Zoé et Émilie.

— MAIS QU'EST-CE QUE TU AS FAIT ? veut tout de suite savoir Shannie, qui l'accueille la première à l'extérieur.

— COMME TOUJOURS, DE LA COPIE ! lui répond 4-Trine, qu'est-ce que tu penses !

— COMBIEN ? lui demande Zoé.

— MILLE FOIS !

Zoé, Émilie et Shannie grimacent toutes les trois.

— C'est beaucoup ! lui dit Shannie.

4-Trine hoche la tête de haut en bas.

C'EST ÉNORME COMME TRAVAIL !

— Alors ! Qu'est-ce qu'on fait maintenant ? demande Zoé à son amie 4-Trine.

— Dix-neuf heures, chez moi ! lui répond-elle. Vous venez toutes les trois. Il nous faut établir un stratagème. Demain, il faudra que ces trois idiots en bavent AU MAX ! ILS VONT PAYER, J'EN FAIS LA PROMESSE !

— **DIX-QUATRE !** répondent Zoé, Shannie et Émilie.

À PLUS !

VROOOOOOUUUUUUUUUUUUUU

Dix-huit heures et cinquante-quatre minutes, dans la chambre de 4-Trine...

— **AH BON ! VOILÀ !** C'est ce que je pensais, signale Zoé à son amie 4-Trine. C'est écrit noir sur blanc ici, dans ton dictionnaire. Sarcasme : énoncé avec lequel on tourne en dérision une personne en l'insultant.

— Alors, c'est bien ça, lorsque Théo et ses amis ont traité Émilie de « Miss Woopiville », en conclut 4-Trine, ce n'était que pour lui faire de la peine, pour lui dire, en fait, qu'ils la trouvaient...

VACHEMENT LAIDE !

— NOUS L'AVONS ENTENDU TOUTES LES DEUX DE NOS PROPRES OREILLES ! réalise aussi Zoé. Ces trois garçons sont OFFICIELLE-MENT MÉCHANTS !

Un sourire malicieux illumine soudain le visage de 4-Trine.

— AH ! ils veulent jouer avec les mots ! dit-elle alors qu'elle vient d'avoir une idée brillante. Eh bien, nous allons leur donner toute une leçon... DE FRANÇAIS ! Nous allons orga-niser une SUPER MÉGA GRANDE FÊTE,

un **BAL DES LAIDES** où ne seront invitées que les moches : Émilie, Shannie, toi, moi, et toutes les autres filles de l'école... PAS UN SEUL GARÇON !

— QUOI ? s'exclame Zoé, offusquée. JE SUIS MOCHE, MOI ?

— Fais-moi confiance ! Tu seras très contente d'être laide, tu verras...

Arrive à ce moment-là, par la fenêtre ouverte, une cacahuète qui tombe, et roule sur le tapis.

— ZUT ! s'exclame Zoé en la ramassant. Il y a des écureuils qui nous lancent des pinottes. C'EST SANS DOUTE UNE ESCOUADE DE PETITS RONGEURS ENTRAÎNÉS À NOUS ATTAQUER PAR THÉO ! IL EST VRAIMENT PRÊT À TOUT CET IMBÉCILE !

27

— MAIS QU'EST-CE QUE TU RACONTES COMME IDIOTIE ? la réprimande 4-Trine en se penchant à sa fenêtre.

Une deuxième cacahuète arrive sur son front.

POC !

— AÏE !

Dans le jardin, il n'y a pas un seul écureuil, mais plutôt Shannie et Émilie. Elles lui envoient la main.

— FAITES CESSER LA FUSILLADE ET MONTEZ, LES FILLES ! les invite 4-Trine.

Puis elle se retourne vers Zoé en se frottant la tête.

— Une escouade de rongeurs à la solde de Théo ??? répète-t-elle à son amie pour lui démontrer à quel point, quelquefois, elle peut lancer des absurdités TOTALEMENT ridicules.

28

Zoé grimace pour s'en excuser.
La porte de la chambre de 4-Trine s'ouvre.

— **NOUS AVONS UN PLAN !** s'écrie Zoé alors que les deux sœurs pénètrent dans la chambre de 4-Trine. Un plan complètement...

Shannie et Émilie s'en réjouissent.
— Je vous explique ! leur dit 4-Trine.

Le lendemain matin, des attroupements d'élèves examinent attentivement des petites affiches placardées partout sur les murs dans l'école annonçant une **MÉGA** grande fête.

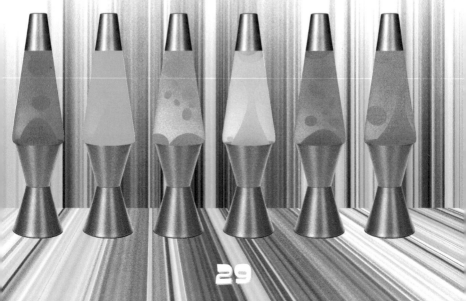

Sur une colonne, Zoé colle sa dernière affiche.

— VOILà ! s'exclame-t-elle après avoir terminé.

Martine, Tommy et Charles, qui attendaient derrière elle qu'elle termine, s'approchent pour la lire.

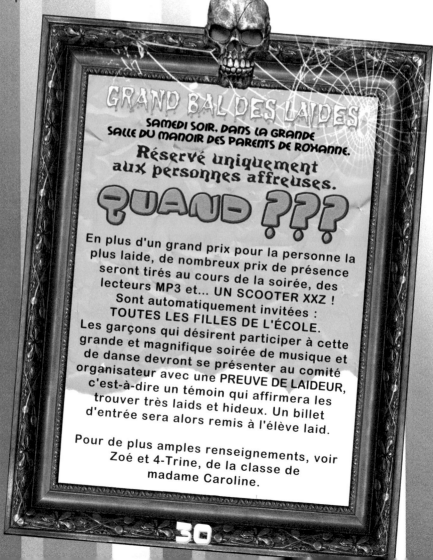

GRAND BAL DES LAIDES

SAMEDI SOIR. DANS LA GRANDE
SALLE DU MANOIR DES PARENTS DE ROXANNE.

Réservé uniquement
aux personnes affreuses.

QUAND ???

En plus d'un grand prix pour la personne la plus laide, de nombreux prix de présence seront tirés au cours de la soirée, des lecteurs MP3 et... UN SCOOTER XXZ !
Sont automatiquement invitées :
TOUTES LES FILLES DE L'ÉCOLE.
Les garçons qui désirent participer à cette grande et magnifique soirée de musique et de danse devront se présenter au comité organisateur avec une PREUVE DE LAIDEUR, c'est-à-dire un témoin qui affirmera les trouver très laids et hideux. Un billet d'entrée sera alors remis à l'élève laid.

Pour de plus amples renseignements, voir
Zoé et 4-Trine, de la classe de
madame Caroline.

Devant l'affiche, Martine jubile...

— **WAAOUH !** s'écrie-t-elle, presque euphorique. JE VAIS AU BAL DES LAIDES ! JE VAIS AU BAL DES LAIDES !

Elle s'éloigne dans le couloir en gambadant joyeusement.

Zoé la regarde en souriant.

— **BOULE DE GOMME !** Ça marche ! se réjouit-elle tout bas. La stratégie de 4-Trine fonctionne !

WOW !

Toujours immobiles devant l'affiche, Tommy et Charles se jettent des regards interrogatifs.

— Non, mais tu as vu ! s'exclame le premier. Mais comment les filles ont-elles réussi à se procurer un **SCOOTER NEUF** pour le tirage ?

— Bien, les parents de Roxanne sont très riches, tu sais, lui répond Charles.

De longues secondes s'écoulent...

— Tu crois que je suis laid moi ? l'interroge ce dernier. **HEIN? REGARDE!** Tu crois que j'ai une chance d'aller à cette soirée ?

Tommy examine son ami Charles.

— Je ne sais pas trop moi, lui répond-il, incertain. Si tu veux un avis, il faut que tu demandes à une fille !

— OUI ! TU AS RAISON ! se dit Charles. Il me suffit de trouver une fille qui me trouve laid, et c'est dans la poche.

NOUS IRONS à La FêTe !

— Tu crois vraiment qu'il y a des filles à l'école qui nous trouveront hideux ? le questionne Tommy.

— J'espère bien, désire plus que tout Charles. TRÈS LAIDS MÊME ! Si je suis beau, je ne le pardonnerai jamais à mes parents, promet-il ensuite.

L'air piteux, Charles se tourne ensuite vers Zoé.

— Dis-moi, GENTILLE, et TRÈS ADORABLE Zoé, la supplie le jeune garçon, est-ce que je suis beau, moi, ou est-ce que je suis laid ?

Zoé, qui rangeait son matériel dans son sac, se relève, et se met à examiner Charles de la tête aux pieds.

— Bah ! franchement, je ne sais pas, Charles. Il y a plusieurs filles dans la classe qui ont déjà dit que tu étais probablement le plus beau garçon de l'école.

Le visage de Charles s'étire alors d'un grand désespoir.

— QUI A DIT ÇA SUR MON COMPTE ? s'emporte-t-il. C'EST COMPLÈTEMENT FAUX ! JE SUIS LE PLUS LAID, REGARDE ! J'AI UN GROS BOUTON PLEIN DE PUS SUR LE DESSUS DE LA TÊTE !

Zoé sautille sur la pointe des pieds pour examiner la petite éruption cutanée sur le front de Charles. Elle est à peine de la grosseur d'une tête d'épingle.

Lorsque Zoé s'arrête de sauter, elle remarque alors que les traits du visage de Charles implorent une grande pitié. Elle pousse un grand et très long soupir.

PFOU !

— Bon, d'accord !

Le visage de Charles s'illumine de joie.

— Tu es officiellement le garçon le plus laid de l'école... **L'HORREUR en CHEF !** Tu iras voir 4-Trine, elle te donnera ton billet. Tu lui diras que c'est moi qui t'envoie.

— **YAHOOUUU !** s'écrie Charles en dansant sur place. JE SUIS LAID ! C'EST MOI LE PLUS LAID ! JE VAIS AU BAL DES LAIDES ! **YAHOU !**

Zoé se tourne ensuite vers Tommy.

— TOI AUSSI TU ES AFFREUX ! Au point que je vais probablement ne rien pouvoir manger pendant plusieurs jours.

À son tour, Tommy se met à danser avec Charles.

— Je crois que nous allons créer des monstres avec cette histoire de bal des laides, constate Zoé, le sourire fendu jusqu'aux oreilles.

DES MNSTRES !

C'est la récré...

« ELLE T'AIME ! YEAH ! YEAH ! YEAH ! »

Alors que Zoé et 4-Trine ouvrent la porte pour sortir dans la cour, Théo se lance tout de suite vers elles et les interpelle.

— J'insiste pour rencontrer le comité organisateur de l'évènement ! les apostrophe-t-il, décidé. C'est important, et surtout... CAPITAL !

— LE COMITÉ D'ORGANISATION ! répète 4-Trine. Certainement, Monsieur, quel est le sujet de votre requête ?

— C'est pour une demande officielle d'autorisation de participation au bal des laides. Qui sont ces personnes et où est-ce que je peux les trouver ?

— Les membres décisionnaires de ce comité sont devant toi, sombre idiot ! lui lance 4-Trine.

C'EST NOUS !

Théo les dévisage...

— Mais je ne crois pas que je puisse vous permettre d'y aller, puisque, lui avoue Zoé, VOUS ÊTES TOUS LES TROIS TELLLLLEMENT BEAUX !

— NOUS SOMMES LAIDS ! TRÈS LAIDS MÊME ! s'écrie Théo avec insistance.

Ses amis Étienne et Matisse le dévisagent d'étonnement.

Théo se penche vers eux.

— QUOI ? VOUS PRÉFÉREZ PASSER VOTRE SAMEDI SOIR À VOUS CURER LE PIF ?

Étienne et Matisse hochent la tête pour dire non.

— Et puis, ils vont procéder au tirage d'un scooter, rappelle Matisse à Étienne.

Ce dernier réalise comme les deux autres que ce bal des laides n'est certes pas une fête à manquer.

4-Trine, qui attend la suite, croise les bras de façon autoritaire devant Théo. Elle sait maintenant qu'elle a le pouvoir de faire manger dans sa main les trois petits fauteurs de trouble de l'école.

— Maintenant, lui demande 4-Trine, vous allez m'expliquer pourquoi vous êtes laids tous les trois, et pas beaux.

— Tu sauras ma chère que la beauté n'est pas seulement une affaire D'APPARENCE EXTÉRIEURE, commence Théo, l'air très convaincu de ce qu'il avance.

— C'EST VRAI !
approuve aussi son ami Matisse. Il y a aussi la BEAUTÉ INTÉRIEURE, tu sauras.

— Et qui est CENT FOIS plus importante, ajoute à son tour Étienne.

Zoé et 4-Trine se lancent réciproquement un clin d'œil.

C'OST gagné !

Zoé se tourne vers Théo.

39

— Mais qu'est-ce que vous voulez dire, tous les trois, par cette affirmation ?

— Que... que... bafouillent-ils... Nous avons été odieux en traitant Shannie et Émilie de tous les noms. **NOUS AVONS ÉTÉ TRÈS LAIDS !**

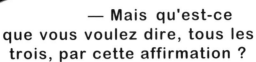

— TRÈS TRÈS TRÈS LAIDS !

réalisent Étienne et Matisse en murmurant.

Les trois garçons se regardent longuement d'une mine songeuse. Visiblement, il est très facile de voir que maintenant, ils se rendent compte du mal qu'ils ont fait depuis quelque temps, et qu'ils regrettent amèrement leurs imbécillités.

Voyant qu'ils sont tous les trois sincères, 4-Trine sort les trois billets de son sac à dos et les leur remet.

Avec fébrilité et soulagement, ils les prennent tous les trois, visiblement heureux de ne plus être tenus à l'écart des autres pour un prétexte aussi stupide que l'apparence.

Théo lève les yeux vers 4-Trine.

— Merci ! lui souffle-t-il d'une petite voix.

— Ce n'est rien ! lui répond-elle. Tu vas voir, nous allons vraiment nous amuser, le groupe de musique préféré de Zoé, les Trop Chou, sera là pour nous délier les jambes.

— s'écrie cette dernière d'un cri à percer les tympans.

— Non ! reprend Théo pour poursuivre. Je ne te remercie pas pour les billets, mais pour la leçon.

4-Trine s'approche de Théo et lui donne un bec sur la joue.

— Je t'en prie ! lui répond-elle, un peu maligne.

Le lendemain soir, dans la grande salle de bal du manoir des parents de Roxanne, le bal des laides se déchaîne. Tous les élèves de l'école s'éclatent au son de la musique endiablée des...

TROP CHOU?

Sur la grande piste de danse baignée par des projecteurs multicolores et des stroboscopes scintillants, Zoé et Théo dansent.

— Euh ! excuse-moi Zoé, lui crie dans l'oreille Théo. Je ne veux pas que tu le prennes mal, mais est-ce que je peux aller danser avec Shannie, s'il te plaît ?

Étonnée, Zoé fait un pas de recul devant son jeune partenaire.

— Mais pourquoi ? veut savoir cette dernière. ELLE EST SIIIIIIIIII LAIDE ! Non, mais tu as vu sa **GROOOOSSE TÊÊÊTE ?** Tu ne vas tout de même pas danser avec elle ?

Théo se tourne vers Shannie...

— MAIS TU ES AVEUGLE ! Elle est superbe cette fille...

Zoé feint d'être surprise.

Théo se tourne à nouveau vers elle.

— **MAIS ENFIN, JE NE SAIS PLUS MOI !** J'ai seulement envie d'être avec elle, c'est tout, je ne comprends pas.

Zoé le regarde sans dire un mot.

— J'ai vraiment été stupide ! finit par dire le garçon.

Toujours muette, Zoé acquiesce et, de la tête, signifie à Théo qu'il peut dégager de sa vue. Ce dernier lui donne un bec sur la joue, et va trouver Shannie qui, avec sa sœur Émilie, attend qu'un garçon l'invite à danser.

Près d'un mur décoré de ballons et de guirlandes colorés, Shannie et Émilie, angoissées, aperçoivent toutes les deux Théo, Étienne et Matisse, qui s'amènent vers elles.

— Tu crois qu'ils vont encore nous crier des noms ? s'inquiète Shannie.

Près d'elle, sa sœur, tout aussi craintive, n'ose pas lui répondre.

Théo arrive alors avec ses deux amis.

— Euh ! Ah ! Shannie ! bafouille ce dernier devant les deux filles. Euh !...

— EUH ! bredouille aussi Matisse. Écoute, Émilie, euh, nous ne savons pas très bien danser, mais, euh...

Émilie, qui comprend tout à coup que les trois garçons regrettent, empoigne alors Étienne et Matisse et les tire tous les deux vers la piste de danse.

— Ne vous en faites pas les gars, les rassure-t-elle sans aucune rancune, venez ! J'vais vous montrer.

Un long et très gênant moment de silence survient après que cette dernière part avec Étienne et Matisse.

— Je n'ai pas gagné le scooter, dit tout à coup Shannie pour briser le silence. C'est le billet portant le numéro 127 qui a

été pigé. Moi, je n'étais même pas près, j'avais le numéro 036.

Théo demeure silencieux et il fixe le plancher. Visiblement, il est mal à l'aise. Les paroles méchantes qu'il a lancées à Shannie et sa sœur dans les deniers jours le hantent, ça se voit.

— Euh, Shannie, finit-il par dire enfin. Je voudrais bien te faire un cadeau pour que tu me pardonnes pour tout ce que je t'ai fait, mais tout ce que j'ai sur moi, tout ce que je peux te donner, c'est mon billet de tirage.

Théo tend son billet à Shannie, qui le prend.

— Mais Théo ! tu es super gentil, mais tous les tirages ont été effectués, lui rappelle-t-elle. Le scooter a été gagné.

— Je sais ! lui dit le garçon en la regardant tendrement. C'est pour cela que je te le donne.

Théo lui fait ensuite un immense sourire.

Confuse, Shannie baisse les yeux. Le billet que vient de lui donner Théo porte le numéro 127.

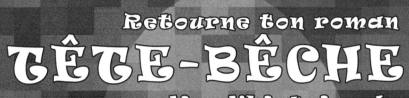

Retourne ton roman
TÊTE-BÊCHE
pour lire l'histoire de

4-Trine